KB107631

세 명의 목회자가 쓴 시 모음집

사명자의 흔적

고용철, 김순기, 최형묵

도서출판 지식나무

공동시집을 출판하면서

그리스도의 사랑을 깊이 알고
그 피에 저리고 사랑에 가득 찬 가슴을 쥐어짜서
토해내는 한마디 한마디가
격조 높은 詩가 되어 가슴에 와닿습니다,

마음의 나침판이
하늘을 우러러 울부짖듯 읊어대며
노래하는 구구절절이 막혔던 가슴을 뻥 뚫리게 합니다.

고용철 목사님. 최형묵 목사님은 목회자요
詩人으로서
설교 못지않은 금지옥엽의 시들을 모아 공동으로 내놓습니다,

메마른 심령에
시원한 생수가 되어 주리라 기대하면서
하나님의 영광을 찬양하는 시편을 내어놓습니다.

2024. 9.
공동저자 김 순기

목차

● 고용철

● 김순기

고용철

감사

숨을 들이마시는 순간, 그것은 기적
새로운 하루를 시작하는 기쁨, 그것은 은혜
눈 뜨고 세상 바라보는 순간, 그것은 놀라움
생명의 아름다움을 느끼는 순간, 그것은 감사

내가 숨쉬고 있음이 기적입니다
내가 생각할 수 있음이 기적입니다
내가 바라볼 수 있음이 기적입니다
내가 움직일 수 있음이 기적입니다
내 모든 일상이 기적이요 은혜입니다

걸음마를 처음 떼던 그 순간, 그것은 기억
사랑하는 사람과 함께 나누는 시간, 그것은 행복
새로운 것을 배우고 성장하는 순간, 그것은 보람
꿈을 향해 나아가는 발걸음, 그것은 희망

작은 것에도 감사하는 마음, 그것은 풍요
주변 사람들에게 사랑을 베푸는 일, 그것은 기쁨
세상에 긍정적인 영향을 주는 일, 그것은 의미
매순간 주님께 감사하는 마음으로 살아가리.

가난한 자를 돌아보라

거리 모퉁이에 웅크리고 앉아
찬바람에 떨고 있는 아이
낡은 옷깃 여미며
먹을 것을 찾아 헤매는 노파

가난한 자를 돌아보라
그들의 눈빛에 담긴 슬픔
그들의 손길에 느껴지는 고통
우리가 가진 작은 따뜻함으로
그들을 위로해 주자

가난의 그림자에 갇혀
희망을 잃어버린 사람들
주님의 사랑을 갈망하며
도움의 손길을 기다리고 있네

우리 모두 하나된 세상
누구도 차가움 속에 버려지지 않는 세상
사랑과 나눔으로 이어진 세상
모두가 행복을 누리는 세상

니누고 품는 마음 주님 원하시는 마음
우리 모두의 손길로 만들어가는 따뜻한 세상
가난한 자를 돌아보라
사랑으로 세상을 가슴에 품어보자.

가슴에 눈물 고인 사람

나는 눈물을 좋아합니다
가슴에 눈물 고인 사람
눈물의 의미를 아는 사람을
난 정말로 좋아합니다

한방울 눈물에 의미를 알고
눈물에 사랑이 있고
눈물에 기쁨이 있고
눈물로 진실을 말합니다

슬픔 속에서 흘리는 눈물
기쁨 속에서 흘리는 눈물
후회 속에서 흘리는 눈물
감사 속에서 흘리는 눈물

모든 눈물은 진실을 담고
모든 눈물은 이야기를 하고
모든 눈물은 마음을 전합니다

난 눈물을 좋아합니다
눈물로 사랑하는 사람
눈물로 기뻐하는 사람
가슴에 눈물 고인 사람

우릴 위해 눈물 흘리셨던 주님
주님의 눈물이 가슴에 떨어지니
주님 귀한 맘 내게 전해집니다
사랑과 용서 그리고 희망 가득

가나안 여인의 믿음

고요한 들판 갈라 울려 퍼지는 절규
희망 잃은 눈빛에 담긴 간절한 기도
가나안 여인의 탄식 하늘 향해 올라가
귀신 들린 딸을 위한 간절한 마음

예수님, 이 못난 여인 불쌍히 여기소서
내 딸이 고통 속에 괴로워합니다
주님의 손길만이, 나의 유일한 희망
주님의 말씀만이, 나의 힘이 되오니

하나님 말씀, 마음에 새겨 기억하며
가나안 여인 용기를 내어 나아가네
"개들에게 던지는 떡은 아니지만"
그녀의 믿음은 흔들리지 않아

가나안 여인의 믿음을 보신 주님
그녀의 딸을 깨끗이 고쳐주시네
어둠 속에서 희망의 빛이 비치고
가나안 여인의 얼굴엔 감사로 가득해

믿음으로 주님 향해 나아가는 자
주님은 그들의 기도를 들으시고
도우시며 축복하시네
영원한 소망을 주시네.

가족이라는 굴레

가족이라는 굴레, 삶의 끈끈한 사랑
생명과 기쁨을 선사하는 따뜻한 손길
힘들 때 나를 끌어안고 위로해주는
세상 어디에도 없는 소중한 보금자리

하나님께서 내린 축복, 가족이라는 굴레
서로 싸우고 티격태격하지만
사랑 안에서 회복되는 신비로운 힘
함께 웃고 함께 울며 나아가는 길

인간에게 주신 첫 공동체, 가족이라는 굴레
함께 나누고 함께 성장하는 따뜻한 둥지
소중한 추억들이 쌓이는 행복한 공간
영원히 간직할 사랑의 이야기

가족이기 때문에, 이해하고 참아주며
나눠먹고 하나 되고 사랑하고 받아주네
양보하고 희생하고 품어주고 함께하는
세상 어디에도 없는 소중한 마음들

가족이라는 굴레 속에서, 나는 행복을 찾고
사랑을 배우고 삶의 의미를 느끼며
감사하는 마음으로 하루를 살아가네.

겸손하고 아름다운 삶

황금빛 먼지 내려앉은 세상 속에서
난 푸른 하늘 아래 낮은 곳을 갈망하네

부의 눈부신 빛깔에 눈이 어두워지지 않고
물질의 유혹에 마음을 빼앗기지 않고

높은 곳을 향한 경쟁보다는
낮은 곳에 머물며 진정한 풍요를 찾고 싶어

화려한 옷깃 아래 숨겨진 위선보다는
소박한 옷깃 아래 빛나는 진솔한 마음을 갈망하네

거만한 권위 아래 짓눌리는 삶보다는
서로 존중하며 살아가는 따뜻한 세상을 꿈꾸네

물질적 풍요로는 얻을 수 없는 진정한 행복을
소박한 삶 속에서 나누며 살아가고 싶어

찬란한 불빛 아래 피어나는 허황된 꽃보다는
푸른 풀잎 사이에서 피어나는 작은 꽃처럼

겸손하고 아름다운 삶을 살아가고 싶어
부의 노예가 되지 않고 진정한 자유를 노래하며

낮은 곳에서 꽃 피우는 풍요로운 삶을
영원히 영원히 간직하고 싶어.

광야에서 피는 꽃

끝없이 펼쳐진 모래 언덕, 뜨거운 태양 아래
나만 홀로 서 있는 이 광야 속에서
아무것도 없는 이곳에서, 하나씩 채워나가
나만의 이야기를 만들어 나갈 거야

광야가 좋다, 아무것도 없기에
나만의 색으로 채울 수 있는 이곳이
뜨거운 태양도, 차가운 바람도, 모래 폭풍도
모두 나를 더욱 강하게 만들어 줄 거야

야생 동물들의 공격, 예상치 못한 위험들
하지만 두렵지 않아, 하나님 함께 하시니
고난과 역경 속에서, 더욱 강해지는 내 믿음
하나님의 손길을 느끼며 나아갈 거야

혼자가 아니야, 내 곁에 하나님이 계시니
어려움을 이겨내고, 더 강해질 수 있을 거야
광야 속에서 피어나는 나만의 꽃
아름다운 내 꿈을 향해 나아갈 거야.

구읍뱃터 노래

구읍뱃터 나그네, 푸른 바다 위
갈매기들 노래하며, 반겨주네
'우리'란 이름으로 한 배에 올라
노래 불러 찬양하며, 하나님께 감사해

복음 전하는 길, 사명자 되어
이 땅에 은혜 뿌려, 하나님 뜻 이뤄
하나님 섭리 놀랍고 임마누엘 되시며
능력 주시니 굳건히 걸어가리

바다 풍파 거칠 때, 용기 내어 전진해
하나님 나라 복음 세상에 전파해
사랑 나누고 위로하며, 희망을 선물해
구원의 소식 전하며, 하나님 영광 높이네

구읍뱃터 나그네, 푸른 바다 위
갈매기들 노래하며, 행복 가득해
복음 전하는 사람, 사명자 되어
하나님 뜻 따라 영원히 찬양하리.

그리운 어머니

어머님 손맛이 그리워요
어머님 품안이 그리워요
어머님 사랑이 그리워요
어머님 눈길이 그리워요

내 영혼엔 온통 어머님 흔적뿐
날 위해 울며 기도하시던 어머니
따끈한 도시락 챙겨주시던 어머니
아픈 배 쓰다듬어 주시던 어머니

따끈한 도시락 챙겨주시던 어머니
아픈 배 쓰다듬어 주시던 어머니
장바구니 함께 들고 장 보시던 어머니
항상 아들을 기다리시던 어머니

눈을 감으면 들리는 그 목소리
환하게 웃으며 날 반겨주시던 어머니
밀려오는 그리움에 가슴 미어져
어머니의 사랑이 나를 감싸네.

거짓말투성이

세상은 온통 거짓말투성이
아름다운 미소 뒤에 숨겨진 그림자
진실은 어디에, 찾을 수 있을까
너와 나의 사랑도 그럴까

거짓된 꿈, 환상의 길
우린 어디로 흐르고 있을까
눈을 감아도 내리는 비는
진짜 감정, 숨길 수는 없어

사람들의 속삭임, 믿을 수 있을까
가짜와 진짜, 서로 엉켜있어
내 맘의 소리, 들리니 아픈가
잊고 싶어도 지워지지 않는 너

이제는 벗어나고 싶어
모든 굴레에서 자유롭게
진실이란 이름을 기다려
이 세상 속에 내 속삭임을

세상은 거짓말, 하지만 믿고 싶어
한 줄기 빛, 내 마음을 채워줘

기다림의 은혜

기다리는 것이 주님 뜻이라면
기다림 속에서 주님을 바라며
주님의 은혜를 누리겠습니다

기다리는 것이 주님 뜻이라면
주님이 내 맘속에 임재하도록
말끔히 그릇을 닦아 두렵니다

기다리는 자체가 은혜가 되고
기다리는 자체가 감사가 되고
기다리는 자체가 찬양이 됨은
내가 그토록 사랑하는 주님이
내 삶에 임마누엘 되심이지요

기다림 속에 주님 음성 들리네
고요한 마음에 평안을 주시네
주님의 사랑이 나를 감싸주니

기다림이 기쁨이 되어가네요
주님께 모든 것 맡기며 나아가
그 분의 뜻대로 살아가렵니다

어둠 속에서도 빛을 보게 하시며
고난 속에서도 희망 주시는 주님
기다림 속에서 그 분을 느끼며
주님의 사랑을 찬양합니다.

길 잃은 양

한 마리 어린 양 길 잃었네
갈 길 못 찾아 헤매이는데
양치기 어디 있느냐
양치기 지금 뭘 하느냐
어서 잃은 양 찾아 나서라

나의 양 일백 가운데
하나가 길 잃으면
길 잃은 양 찾아야 하거늘
양치기 어디 있느냐
양치기 지금 뭘 하느냐
어서 잃은 양 찾아 나서라

이 소자 중
하나도 잃지 않는 것
하늘 아버지 뜻이니
양치기 어디 있느냐
양치기 지금 뭘 하느냐
어서 잃은 양 찾아 나서라.

끝없는 사랑

우리가 상상할 수 없는 하나님의 사랑
끝까지 포기하지 않으시는 그 사랑
수도 없이 배신하고 떠났던 나를
다시 받아주시는 크신 사랑

우리의 계산으로는 헤아릴 수 없는 한이 없는 주님의 사랑
찰나의 순간에도 우릴 지켜보시고 보호하시는 주님의 사랑

주님의 사랑 때문에 내 심장이 터질 것 같아요
주님의 사랑 때문에 내 인생길 너무 행복해요
수많은 시험 속에서도 함께 하시는
그 사랑으로 살아가요

주님의 사랑, 나를 살게 하네
그 사랑으로 난 오늘도 살아가네
주님의 사랑, 나를 채우시네
그 끝없는 사랑, 주님 찬양해요
주님 사랑 때문에 내 인생길 너무 행복해요

날개를 펴라

움츠려 있지 말고 날개를 펴라
저 높은 창공 향해 날개를 펴라
주님의 날개로 높이 날아라
주님의 날개로 멀리 날아라

네가 있는 그곳 네 자리 아냐
좌우 날개 활짝 펴고 날아라
모든 것이 무너져 소망 없고
너의 앞길 캄캄해 안 보일 때

주님의 날개 아래 안전하니
두려움 떨쳐내고 용기를 내라
주님의 뜻을 따라 나아가라
주님의 말씀에 굳건히 서라.

내 본향 가는 길

이 땅에 수고 모두 다 마치니
내 평생 했던 일 뒤돌아보니

내 본향 가는 길 저기 보이네
부족함뿐이라 부끄럽다네

꿈에도 그리운 생명의 길을 따라
아버지 큰 사랑 나를 받아 주시고

아버지 손잡고 황금길 걸으리
생명의 면류관 선물로 주시리

주님이 지으신 찬란한 새 집
영원히 빛나는 나의 집이라

우리들 거기서 주님과 함께
영원한 생명을 누리네.

내 눈물 닦아주시는 주님

내 눈에서 눈물이 뚝뚝
아무 이유 없이 자꾸만 뚝뚝
하늘 바라봐도 눈물 고이고
땅을 바라봐도 눈물 흐르죠.

주님 손이 보입니다
내 눈물 닦아주시는 주님 손 보이죠
무너진 가슴 쓰다듬어 주시는
사랑 주님 나의 위로자 되시죠.

세상 차가운 시선들 날 아프게 해요
날 둘러싼 문제들 날 힘들게 해요
주님 내 눈물 닦아주시는 주님
주님 위로 가슴으로 밀려오죠.

주님 계시지 않았으면 난 어떡했을까
갈 곳 없고 길 잃은 한 마리 사슴처럼
삶의 벼랑 끝 헤매이고 있었겠죠
주님 감사해요 고마워요 찬양해요.

주님께서 나에게 말씀하시죠
네가 울 때에 난 통곡했단다
네가 아파서 신음할 때에
난 네 아픔 지고 십자가 졌단다.

내 눈물 닦아주시는 주님
나 대신 울어주시는 주님
내 고통 짊어지시는 주님
주님 위로하심 난 기뻐 찬양해.

모든걸 품는 사람

정원에는
이쁜 꽃만 있는 게 아니다
가시돋힌 잡풀들도 자라고
그리 이쁘지 않은 꽃들도 핀다

물속에는
이쁜 물고기만 있는 게 아니다
무서운 식인어도 있고
물고기만 잡아먹는 물고기도 있다

세상에는
선한 사람만 있는 게 아니다
다른 사람 마음 아프게 하는
매몰차고 악한 사람들도 있다

내 마음에는
좋은 친구들만 있는 게 아니다
매일매일 나를 울리고 괴롭히는
못되고 얄미운 사람들도 있다

정원은 모든 식물을 품고 있다
큰 물은 모든 물고기를 품고 있다
세상은 모든 사람을 품고 있다
나 역시 모든 사람을 품어야 한다.

당신과 함께

당신의 마음속에 나는 빛
무수한 별들이 춤을 추는 곳
당신의 눈은 강렬한 푸른 바다
휘황찬란한 해가 비추는 곳

머리카락은 밤하늘의 어둠
별들의 춤에 물들인 그림자
내가 보지 못해도, 내가 잊지 못해도
당신의 존재는 나의 영원한 기쁨

열두 개의 달이 지나가고
모든 것이 어두워져도
내 마음은 당신을 향해 빛을 발하며
당신을 안아 흔들 것이요

불안한 낮과 잠 못 이루는 밤
당신을 찾아 헤매는 길 위에서
내 사랑은 영원히 당신과 함께
우리의 이야기는 끝나지 않을 것이니.

목자

세상 풍요 영화는 덧없고 잠시뿐
가지고 또 가져도 나는 만족함 없네
영혼의 갈증 채울 길 없이 빈 허전함
진정한 소망은 어느 곳에 있을까

여호와 하나님 나의 목자 되시네
내 삶의 모든 것을 이끄시는 분
앉고 일어섬도 다 아시고 필요 채워주시네
그분 안에만 만족과 평안 얻을 수 있네

그분 앞에 나아가 예배드릴 때
최고의 기쁨과 즐거움 찾을 수 있네
영원한 생명 주시는 유일한 주인
나의 모든 것을 다 드릴 마땅하네

아침에 일어나 잠자리 들 때까지
하나님의 사랑 나를 둘러 감싸네
내 필요를 다 아시고 넉넉히 채워주시는
당신만이 나의 풍요로운 목자 되시네.

목회자의 길

빛바랜 미소, 부서진 마음들
목회자의 길은 사랑을 꿈꾸네

하나님의 언약, 우리 곁에 와서
목회자의 손길은 희망을 심어주네

어둠의 군림, 무거운 짐들
목회자의 눈빛은 빛을 선물하네

그 어느 길도 평범하지 않아
목회자의 발자국은 길을 만들어가네

기도의 나무, 은혜의 꽃들
목회자의 기도는 하늘에 향하네

고요한 밤, 어둠을 밝히며
목회자의 노래는 평화를 부르네

마음의 상처, 삶의 굴레
목회자의 언어는 사랑으로 치유하네

손에 잡히지 않는 믿음의 길
목회자의 마음은 하늘을 향하네

목회자의 길, 사랑의 길
우리의 마음을 물들이는 희망의 길.

믿음의 마음

물결 속으로 가라앉는 바람처럼
나의 소망은 꿈속에서 빛나네
바랄 수 없는 중에 바라보는
그 사랑의 길을 따라 걸어가네

보이지 않는 것을 깨닫고
느낄 수 있는 믿음의 눈 없었다면
내가 어찌 영혼을 바라보며
사랑으로 그들을 품을 수 있으리오

바랄 수 없는 중에 바라고
기대하는 소망의 의지가 없었다면
내가 어찌 사랑을 마음에 품고
믿음 안에서 주님을 따를 수 있으리오

어둠 속에 빛나는 별처럼
나의 믿음은 눈부시게 빛나네
손에 닿지 않는 중에 느끼는
그 영혼의 손길을 붙잡았네.

버팀목

거센 바람에 쓰러진 나무 한 그루
그 옆에 우뚝 서 있는 나무 하나
말없이 밤바다를 향해 울고 있다
쓰러진 나무의 무게가 버거운 듯
거친 숨소리를 내면서 울고 있다

당신이 쓰러질 때 내가 부축해 줄게
내가 힘들 때 당신도 날 부축해 줘
우리는 함께 폭풍우를 이겨내 왔지
서로의 아픔을 이해하고 위로해 왔지
우린 언제나 서로의 든든한 버팀목.

복음 전도자의 고백

세상 무대에 홀로 선 자
나의 이름은 복음 전도자
내 인생의 목적은 하나뿐
오직 하나님을 드러내는 일

하나님이 주신 모든 재능
천국 복음 전하는 데 바치며
내가 가진 모든 물질
오직 하나님 나라 세우는 곳에

내가 숨 쉬는 모든 순간마다
내가 생각하는 모든 것마다
내가 행하는 모든 행동들은
오직 하나님 영광만을 위해

세상 끝까지 외칠 이 소리
"하나님은 살아 계십니다"
죽음을 맞이하는 그날까지
"오직 하나님 위해 살았노라"

내 묘비에는 새기고 싶어요
"하나님을 위해 살았던 작은 자"라
영원히 하나님 품에 안겨
아버지의 사랑 노래하리라.

부서져야 하리

거울 속 나를 보며 부끄러움에 눈물 흘려
교만에 가득 찬 마음, 이젠 깨질 때가 왔어
아버지 앞에서 항상 나를 앞세우려는 모습
그런 나 자신이 얼마나 어리석고 허망했는지

더 많이 부서져야 하리, 완전히 깨질 때까지
내 안의 거만함과 오만함이 다 사라질 때까지
주님의 뜻대로 굴복하고 겸손해질 때까지
주 앞에 부서진 내 마음 진정한 평안으로 가득해

내가 모든 것을 이루었다고 생각했던 순간
그것은 오만의 시작이었고 실패의 시작이었지
주님의 은혜로 이루어진 모든 것임을 잊고
내 힘으로 이루었다 생각하며 교만했던 나

주님, 내 마음을 온전히 깨뜨려 주세요
교만과 오만함이라는 가시들을 제거해 주세요
주님 뜻대로 굴복하며 겸손해지고 싶어요
내 삶의 진정한 평안과 행복을 찾고 싶어요.

사모의 노래

사명자의 아내로 살아온 지나간 날들
목사의 아내, 아이들의 엄마라는 자리
교회 성도들에겐 기도하는 어머니처럼
어려운 성도들 가정 일일이 살펴가며
기도와 눈물로 영적 기둥 역할을 하네

수십 년 사모의 역할로 남은 건 질병들뿐
아픈 것조차 영광의 면류관이라 여기며
하고 싶은 것 모두 가슴에 묻어 두고
오로지 주님 영광만 위해 달려온 이 길

평범한 여인들은 알 수 없는 고난과 희생
하지만 사모는 감사하는 마음으로 살아가네
주님의 부르심에 순종하며 헌신하는 모습
사모의 헌신은 하늘나라의 빛나는 별이라.

선교사 노래

주님 사명 따라 달려온 선교지 여긴 이국땅
부모 형제 생각에 눈물 흘리던 수많은 날들
외롭고 힘들 때 주님 내게 힘을 주셨죠
선교사 뜨거운 가슴에 성령이 불타오르네

내 반평생 변치 않는 주님 향한 뜨거운 사랑
이국땅 선교지에 복음의 씨앗 심었죠
영원히 변치 않는 하나님의 말씀으로
어둔 골짜기 빈들에서 주님 사랑 전했죠

주 위해 바친 지나간 내 청춘
주님 내게 은혜로 채워주셨죠
남은 내 생명 주님께서 원하신다면
기꺼이 주님 위해 이 목숨 바치리

고난의 길에도 주님 함께 하셨네
외로운 밤이면 주님 품에 안겼네
선교사의 기도로 뿌린 복음의 씨앗
하나님 은혜로 열매 맺게 하소서.

외치라 찬양하라 춤을 추라

외치라
찬양하라
춤을 추라
주님은 위대하시고
찬양 받으시기에 합당하신 분

목소리 높여 외치라
목숨 다해 찬양하라
손 높이 들고 춤추라
찬양 중에 거하시는 주
나의 찬양을 기뻐 받으시는 분

찬양은 나에게 새힘을 주고
찬양은 나에게 능력을 주고
찬양은 나에게 생명을 주고
찬양을 주님을 기쁘게 하네

외치라
찬양하라
춤을 추라
영원히 영원히 주를 찬양해.

치료자 되시는 나의 주님

내 맘 깊은 곳 무너져 내리고
내 몸 피곤해 쓰러질 때도
나의 손 붙드시고
무너진 맘 끌어안아 주시는
치료자 되시는 나의 주님

내 마음 주 품에 맡겨요
내 지친 몸 주를 의지해
내 귀에 속삭이는 주님
나를 위로하시는 주님
치료자 되시는 나의 주님

마음이 무너져도 좋아요
육신이 힘들어도 좋아요
하지만 내 중심 오직 주님께
주께 향한 맘 변하지 않지요
치료자 되시는 나의 주님

흔적

하루하루 살아가는 삶, 모두 흔적이 되네
주님 안에서 걸어온 길, 나만의 이야기
이 땅에 남길 흔적, 무엇이 있을까
아름다운 사랑으로, 세상을 채우고 싶어

남아있는 유족들, 사랑 안에서 화목하게
서로를 격려하며, 힘이 되어 주며 살아요
누구나 한 번 왔다가, 한 번 가는 이 삶
주님 앞에 아름다운 흔적, 남기고 떠나요

어려움 속에서도 희망을 잃지 않고
주님을 믿으며, 나아가는 우리
아픔과 상처도, 흔적이 될 수 있어
사랑으로 이겨내고, 용서하며 살아요

아름다운 말 한마디, 따뜻한 위로 한 번
작은 사랑이 모여, 세상을 변화시킬 수 있어
우리 모두 아름다운 흔적, 남기기 위해
주님의 사랑 나누며, 함께 살아가요.

친구야

친구야! 너무 아파하지 마
니가 아프면 내 맘도 아파
니가 울면 나도 울고 싶어

친구야!
너의 고통이 나에게 느껴진다
눈물로 잠자리를 적셨을
너의 하루하루를 생각하니
내 맘이 천 갈래 만 갈래 찢어진다

내가 널 위해 할 수 있는건
오직 기도하고 주님께 부르짖는 것
나의 간구와 기도 들으실 주님께
간절히 두 손 모아 기도할게

나가야 할 길이 보이질 않고
지금의 상황이 힘들지라도
하나님께서 천군천사를 보내어
사랑하는 친구를 지키실 거야

난 믿어 능력의 주님을
난 믿어 성령의 능력을
오직 주님만 바라보자
주님이 함께 하실 거야
승리의 그날 바라보자.

행복의 열쇠

누군가는 고통만 이어지고
누군가는 기쁨만 이어지네
누군가는 불행만 이어지고
누군가는 행복만 이어지네

그건 다름 아닌 바로 나 때문
세상을 바라보는 시선과
문제를 해결하는 능력과
긍정적인 마음이 바로 열쇠

세상은 내 손으로 만들어 가는 것
누가 내 삶을 대신해주지 못해
행복은 믿고 바라고 희생하는 것
우리 하나 되어 행복한 세상 만들자

어려움과 좌절이 있어도 괜찮아
넘어져도 다시 일어서면 돼
희망을 잃지 않고 앞으로 나아가면
반드시 행복을 만날 수 있을 거야

함께 손잡고 나아가자
행복한 세상을 만들어 가자.

함께

너와 나 함께한다는 건 생명을 나누는 의미
주님 앞에 함께한다는 건 내 생각을 내려놓음
혼자선 할 수 없어도 함께이기에 할 수 있어
함께 기도하고 찬양하는 신앙의 동반자

함께 하는 자의 눈물을 닦아주는 선한 마음
함께 하는 자의 기쁨에 진심으로 함께 하고
우리가 함께라면 두려울 것 없어요
주님의 사랑 안에서 하나 되어 걸어요

때로는 어렵고 때로는 지쳐 쓰러질 때
함께여서 행복하고 함께여서 감사해
성도와 함께 주님과 함께 성령과 함께
저 천성 바라보며 우리 함께 걸어가요.

주바라기

나는 나는 주님이 좋아요
어둠 속에서도 주님이 빛이 되시죠
난 주님만 바라보는 주바라기
내 얼굴은 항상 주님만 바라보죠

햇살 따스히 내려와 내 맘 비추고
주님 사랑 가득 내 맘에 피어나요
난 주님만 바라보는 주바라기
영혼 가득 따스한 사랑 담아요

믿음 소망 사랑 품은 주바라기
겸손한 모습 주님 기뻐하실꺼야
난 주님만 바라는 주바라기
내 맘은 항상 주님만 찬양하죠

주님만 바라보는 주바라기 되어
영원히 빛나는 사랑 노래할게요.

김순기

가고 싶은 칠산대교

두둥실 떠가는
구름 잡아
벗을 삼는 칠산대교

나
한사람
네 곁에 있어도 외롭지 않을 것을

그리 못하는
내 마음도
외로움 가득하구나

가끔은 하늘을 보자

어느 때 보다
더 덥게 느껴지는
여름밤

소나무 가지를 흔들고 지나가는
바닷바람을 기대하면서
하늘을 본다.

작은 별, 큰 별
새벽녘에 떠오른 지각생
달

수천 년이 지나도
변하지 않는
자신들의 모습으로

여름밤을 수놓아
단장하는
별들의 속삭임을 듣는다

가슴에 담아둔 그리움

처마 끝에
뚝뚝 떨어지는 물방울
가슴에 담아둔
그리움 하나 달아놓고 한참을 기다린다.

대롱대롱
장맛비가 그칠 때까지
그리움으로
매달아둘 남은 추억 있을까.

가슴을 펴고 봄을 맞자

잎이 다 떨어져서
가지만 앙상하게
남아 있는 나무에 물오르니 봄이 오는가.

꽁꽁 언 땅에
죽은 듯 엎드려
겨울을 이겨낸 들풀에
파릇파릇
연초록빛으로 물드니 봄이 오는가.

옷깃을 스치는 바람결이
차갑지 않으니
꽃내음 향기 싣고 봄이 오는가,

어두움에서 깨어나
가슴을 펴고
한 줄기 빛을 따라
내 영에 봄의 향기가 묻어납니다,

아2:10
나의 사랑하는 자가
내게 말하여 이르기를
나의 사랑, 내 어여쁜 자야 일어나서 함께 가자

가을이 아름다운 것은

가을엔 감이 익어갑니다,
밤도 익어 옷을 벗고 대추도 익었습니다,
논과 밭에는
알알이 익은 곡식들이
겸손하게 머리 숙여 풍요를 더해줍니다,

잡초들도 꽃을 피워
마주 보며 웃음 지어
서로를 존경하는 듯 사랑을 전합니다,

겸손. 사랑. 산과 들
논과 밭 어느 것 하나
머리 숙여 겸손하지 않는 것이 없습니다,

가을이
아름다운 것은
서로가 조화를 이루어 감입니다,

* 인생의 가을에 자연에서 나를 본다.

가을이 오려는지

이슬에 샤워하고
창문을 여니
흔들리는 커튼에 가을향기 묻어나고

폭염은
카눈 따라 먼 길 떠나고
두둥실 뭉게구름 떠옵니다

오월에는

부딪히고 넘어지는 삶 속에서
기댈 어깨는 없어도
작은 것일지라도
내게 있는 것으로 내어줄 이웃을 찾아보자

따뜻한 가슴으로
서로를 감싸고 위로하면서
기대고 쉬어갈 수 있는 쉼터를 만들어보자
사랑이 있고
향기가 있고 살맛 나는 세상을 꾸며보자

감사의 싹을 틔우고
작은 꽃 활짝 피워 환한 미소를 보자
울타리를 넘는 행복의 소리가
너와 나
우리 모두에게 환한 미소를 갖게 하자.

감사로 하루를 시작하면서

맑은 하늘
초록으로 물들어 가는 앞산
높은 하늘
조각구름 마냥
띄엄띄엄 전원주택

노년의 보금자리
두 손 꼭 잡은
사랑의 향기 가득하구나.

강풍이 부는 날엔 모기도 비행하지 않는다

풀숲에 사는 모기는 검고 강합니다,
담요 위에서도 사람을 물을 수 있는 강함이 있습니다,
이런 모기도
강풍이 불 때는
비행을 하지 않고 풀숲에 숨어있습니다,
바람이 그칠 때까지.
우리의 환경이
정치적으로, 경제적으로 힘들고 어려워
그 정도가 강풍 같을지라도
말씀의 숲에 가만히 엎드려 있음이
하나님의 백성다운 모습 아닐까,

개구리 연주회

달님도
내려오고
별님도 내려왔습니다,

논두렁
작은 웅덩이에 앉아서
개골개골 연주를 즐긴다,

겨울 파도 같은 삶

파도는 높이
일어나고
바람은 강하게 붑니다,
갈매기는
그들 중에 함께 있습니다.

삶도
같은가 봅니다,
크고 작은 일들이
함께 오는데
그중에 너와 내가 있습니다.

겸손은 향기롭습니다

가시밭에 백합화는
머리 숙여 향기를 발하는데
작은 고비 넘기고
머리 들어
거드름 피우니 부끄럽기 그지없구나

고요

내리던
비 그치고
바람마저 깨지 않는 아침

산새들의
노래 소리만
즐거이 아침을 연다.

비를 담은
검은 구름 하늘을 덮고
시원하게 어디에 퍼부으려는지

바다에서
올라오는 서늘함도
마음엔 근심으로 젖는다

광대나물

어려서는 나물로
된장에 주물럭주물럭
겨울에 잃었던 입맛 돌아오게 하고

자라서는
하늘 향해 두 손 들어
보라색 꽃 피어 봄소식 알려주는구나.

된서리
찬바람 이기고
꽃 피어 봄소식 알려주더니

늙어서는
약초로 모두의 사랑을 받으니
네 이름이 광대로구나. 광대.

구름을 탄 그리움

그리움은 조각구름 타고
그냥
그렇게 흘러간다네

어디로
갈 거냐고
어떻게 갈 거냐고 묻지를 말란다

갯바람이
서늘하게
가슴에 와닿는다

그 자리에

백합도
그 자리에 꽃을 피웠습니다,
수국도
그 자리에
색깔만 조금 변했을 뿐 그 자리에 있습니다,

이름 모를 풀들도
버려진 썩은 호박도
그 자리에서
싹이 나와 노란 꽃을 피웠습니다,

나는
나는 그 자리에 있는가
사랑으로 안아주신
주님의 품에서 내 모습을 본다.

그냥 웃자

희미하게
밝아오는 아침
바다는 무엇을 말하고 싶을까.

모두가 잠든 밤
반짝이는
별빛을 보면서 무엇을 생각했을까.

아침에 쫓기듯
서산을 넘는 반쪽 달
무엇을 약속하며 빙그레 웃었을까.

너와 나
그리고 우리
마주 보며 빙그레 웃자

기다림

봄, 여름, 가을 겨울
계절은
기다리지 않아도
잘도 찾아오는데

다녀오마
떠난 임은
오는 길을 잊었는가.

초라한
모습으로
남겨진 자리에 바람만 부네.

꽃비 오는 날 떠난 임아

화사한 햇살 받으며
꽃잎은 비같이 내리던 날
내년 이맘때
다시 만나자고 하시던 임

흐트러진 꽃잎은
비처럼 내리는데
약속하고 떠난 임은 어디에 있소

회리바람 따라
높이 오르는
꽃잎 머무는 곳
그곳이 날 기다리는 곳이려오.

꽃의 웃음

봄 햇살을 받아
꽃들이 웃으니
사람의 마음에 겨울이 걷히고
기쁨과 평안이 환희로 다가오고

밝고 맑은 마음으로
세상을 보니
여유롭고 아름다움 비길 데 없네요.

소리 없이 웃어주는
작은 미소가
밝고 맑은 세상을 아름답게 꾸미고

삶에 찌든
너와 나 우리들의
가슴을 열어 빛을 보게 합니다,

꿈꾸고 희망을 노래하자

강풍 불어
자욱한 미세먼지 안개 밀어내니
기대했던
맑은 하늘은 보이지 않고
하늘엔 검은 구름만 가득하다

행여 하는 마음으로
인생에 모험 걸지 말고
주어진 환경에
감사하고 꿈꾸고 희망을 노래하자

강풍 불고
진눈깨비 내려도
훈훈한 바람 타고 오는 봄은
초록빛 고운 색깔로 꽃가마 타고 온다네

나는 바쁘게 산다

잘하는 것은 없지만
어디서든지 나를 불러주는 곳
사치도
부화기에서
병아리가 나오고, 칠면조가 알을 깨고 나와도
닭의 사료를 사 오는 곳.

노인들이 발이 되어주는 전동차가 고장이 나도.
마늘 캐고 양파 캐고. 고추밭에도

일꾼들 일 마치고
집으로 돌아가는 석양에도
배 타고 육지로 나가는
노동자들과 도
나는 그들 중에 함께 있어야 한다.

특별한 일은 없는데 그냥 바쁘게 산다
사치도
바쁘게 살아갈 수 있어서 좋다

나도 너처럼

꽃은 자신을
감추지 않는다
부끄럼 없이 다 드러내 보인다.

우리는
그 모습을 아름답다고 말한다.
내 모습이
너처럼 아름답고 싶다.

나의 사랑 어여쁜 자야

당신의
옷자락에서 쉼을 얻고
당신의
옷자락에 기쁨을 얻고
당신의 옷자락에서 평안을 얻습니다,

연초록 새싹에
봄이 깨어나고
마른나무에 생명 있음을 알려주듯
나는 당신으로 더불어
생명을 얻는 기쁨을 누립니다,

나의 사랑
어여쁜 자야 일어나서 함께 가자
재촉하는
당신의 음성에
환한 미소로 답하는 축복의 아침을 맞습니다,

나의 일상이 복음이게 하자

밀짚모자 눌러 쓰고 고추밭엘 가보자,
긴 장화를 신고
논과 밭고랑에도 가보자

친숙한 모습으로 단장하고
시원한 음료수라도 손에 들고
소통의 고랑을 만들고 대화의 물이 흐르게 하자

이 땅 섬마을에
성령의 바람이 불고
그들의 가슴에 피 묻은 예수를 심고

어둡고
그늘진 곳일지라도
예수의 계절이 오는 꿈을 갖자

내 삶에 당신 있습니다

향기가 있어
아름다운 당신은 내 삶입니다.

즐거워하고
슬퍼도 하고
나누기도 하고 얻기도 합니다,

원망하고,
불평하고,
슬프고
외로울 때도
나는 당신 안에 있었습니다,

환한 미소
가슴 미어지는 기쁨
평화로운 아침을 감사로 맞을 때도
그때도
나는 당신 안에 있었음을 감사합니다,

내 영혼아! 잠에서 깨어나자

개나리
꽃잎 물은
병아리 종종걸음에

목련도
벚꽃도 곱게 단장하고
민들레 따뜻한
마음으로 봄을 맞는다

내 영혼
뉘 소리에
잠에서 깨어
여호와의 영광을 노래할까.

내가 나를 사랑하면 남도 나를 사랑한다

햇살이 따사로운 아침입니다
섣달
아직도 겨울은 남아 있는데
봄기운를 느끼게 하는 햇살에 가슴을 펴고 기지개를 폅니다.
옷깃을 헤치고
찾아오는 것은 겨울 찬바람

황량한 벌판에
홀로서 있는 듯 하지만
누군가는
나로 인하여 기뻐하고 사랑할 마음을 갖습니다,

나의 사랑
나의 기쁨인 친구여!
나를 안아주고 도닥거려 사랑하고 기뻐하자

내일은 맑으리

저문 해가
오늘따라 어찌 저리 고운지

장마에
지친 마음 추스르면서

붉게 물든 노을 속에
맑은 내일을 약속하는 너를 본다.

내일은 오지 않아도 된다

비구름 사이로
빼꼼하게 비치는 햇살이
오늘따라 더 아름다운 것은

장마가 길어서 일 거야
날마다 찾아오는 장맛비
하루쯤 찾아오지 않아도 좋을 텐데

누가

누가
파란 하늘에
그림을 그릴 수 있을까

초록빛 바닷물을 붓에 찍어
내 마음
글로 적어 볼까나.

뜨거운 햇살에 밀려
두둥실 떠가는
장맛비 구름아

누군가에게는 귀한 것이다

내게 천한 것이
다른 누군가에게는
귀한 것으로 바뀔 수 있고
다른 사람에게
천한 것들이
내게는 꼭 필요한 것일 수도 있다.
다만 주인을 못 만났을 뿐이다.
삼손의 손에 들려진
나귀의 턱뼈같이 주인을 만나면 인생은 바뀔 것이다.

삿 15:16.
이르되 나귀의 **턱뼈로** 한 더미, 두 더미를 쌓았음이여
나귀의 **턱뼈로** 내가 천 명을 죽였도다 하니라

달이 뜨지 않아도 달맞이꽃은 핀다

아침이 되도록
오지 않는 임을 그리며
새벽찬 이슬 맞으며 기다리는 달맞이꽃

장맛비 담은
검은 구름길을 막아
밤새도록 길을 잃고 그리움 달래였을까

아침이 오기 전에
작은 손
외로움 쓸어내리며 새벽길을 떠납니다

최형묵

보석상자

세상에서 가장 소중한
보석을 담았다

담겨진 보석들은
하나 같이 빛을 발한다

보석들은 하나같이
주어진 선물이었다

보석상자의 보석은
서로를 감싸고 있다

보석들의 이름은
기억, 아픔, 슬픔, 기쁨

보석들의 이름은
불평, 감사, 원망, 행복

보석상자는 작은데
상자는 모든 것을 담는다

시인이 물었다

시인이 물었다
왜 시를 쓰냐고
나는 대답했다
시를 통해서 나를 본다고

시인이 물었다
왜 시를 쓰냐고
나는 대답했다
시를 통해서 미래를 본다고

시인이 물었다
왜 시를 쓰냐고
나는 대답했다
시를 통해서 과거를 본다고

시인이 물었다
왜 시를 쓰냐고
나는 대답했다
시를 통해서 세상을 본다고

시인이 물었다
왜 시를 쓰냐고
나는 대답했다
시를 통해서 감사를 배웠다고

어머니의 여행

꽃다운 청춘에 결혼이라는
열차에서 기둥 같은 남편을 만났다

멋진 세상 살아보겠노라
행복의 무지개를 그리며 세상을 살아왔다

뱃속에 10개월 고이 품었던 생명이
하나 둘 셋 넷 세상에 나왔다

유라굴로 같은 광풍에 기둥 같은 남편은
휘청거리며 힘을 잃었다

야속하게도 거듭된 눈보라와 태풍은
의지했던 남편을 저 멀리 데려갔다

곱디곱던 얼굴에는 주름살이 그려지고
손에는 광주리와 붓이 쥐어졌다

하나 둘 셋 넷 자녀들도 어느덧
결혼이라는 열차를 타고 여행 중이다

달려왔던 내 머리카락은 백발이 되었고
길 옆의 역은 팔순을 지난 미수라고 쓰여있다

먼 어느 날

먼 옛날 아버지가 이 땅에 태어났습니다
착한 시골 농부로 하늘을 바라보며 사셨지요

행복을 꿈꾸며 형님의 손에 이끌렸습니다
고향을 떠나 낯설은 도시 변두리 몸을 맡겼지요

몸이 부서질 듯 봄 여름 가을 겨울 일했습니다
농사 일 공사장 일로 몸과 마음은 지쳐버렸지요

어느 날 주님의 특별한 은혜를 입었습니다
새벽기도를 마치고 아버지와 마주 대했지요

평범한 인생을 위해 기계과를 다니고 있었습니다
아버지는 내게 신학을 하는 것을 동의해 주셨지요

아버지의 아들로 태어남에 감사드립니다.
이 세상 여행 끝나기 전 하나님의 자녀가 되셨지요

먼 여행을 떠나면서 미안해하셨습니다
그리고는 영원하신 아버지를 바라보게 하셨지요

부부

외톨이가 있었습니다
한사람과 눈 맞추며 설레입니다

그의 마음에 한 사람이 찾아왔습니다
설레임이 쿵쾅쿵쾅이 되었습니다

떨림과 수줍음의 손을 내밀었습니다
손의 주인은 마음이었습니다

내밀었던 손을 따뜻하게 잡아주었습니다
그리하여 최고의 단짝이 되었습니다

헤아릴 수 없는 눈보라와 비바람이 불었습니다
따뜻한 햇살도 뜨거운 태양도 마주했습니다

둘은 '부부'라는 이름으로 하나가 되었습니다
부부라는 이름을 갖게해 준 당신이 최고입니다

보답

겨우내 잠들었던 논을
경운기가 소리 내어 깨웁니다

흙들은 땅속 깊이 흙들과
하늘을 보던 임무를 교대합니다

물을 머금었던 수로도 농부의 손이 닿자
고르게 된 논을 향해 신나게 달려갑니다

경운기도 흙과 물이 어울리게
이리가고 저리가기를 반복합니다

자신의 자리를 바라보던
모판이 재빨리 이양기에 올라탑니다

이양기는 물을 머금고 있던 논에
정성스럽게 모를 안겨줍니다

경운기가 지나가자 모들은
오와 열을 맞춰 기립합니다

농부가 정성으로 가꾸자
논은 품었던 모를 황금색으로 바꿔줍니다.

5월의 감사

아동의 소중함을 알려주는
5월에 감사합니다

이 땅에 순례자로 오게 하신 부모를
바라보게 하는 5월에 감사합니다

기어 다니던 아기가 세상을 품어가는
청소년이 되어가는 5월에 감사합니다

금성과 화성처럼 만나 서로를 의지하는
부부가 되어 5월에 감사합니다

가장 귀한 가정이라는 울타리를
주신 5월에 감사합니다.

나침반

온 세상에 어둠이 찾아올 때
달은 서서히 자신을 드러냅니다

산과 들과 바다에 어둠이 찾아올 때
달은 그들을 맞이하여 줍니다

새들과 동물들이 잠들 때도
달은 묵묵히 그들을 감싸줍니다

어린이가 어른이 되고 노년이 되어도
달은 창조주를 알려주는 나침판이 됩니다

일어나 함께 가자

흙으로 지으시고 생기 주시사
영생을 허락하신 나의 하나님

나그네 인생길 일 순간이나
내 주님 앞에서는 영원하다네

보는 것 듣는 것 유혹하지만
내 주님 사랑과는 바꿀 수 없네

무수한 증인들 거울삼으사
영원한 승리의 길 예비하셨네

예수님 오늘도 내 손 붙잡고
일어나 함께 가자 말씀하시네.

안부 묻는 메타세쿼이어

어릴 적 이름 모를 관광지 사진 속에
메타세쿼이어들이 나의 시선을 끌었다

진녹의 옷으로 단장을 하고
훤칠한 키는 부러움이었다

십 여년을 돌이켜보니
내 곁에 친구처럼 다가와 있다

봄 여름 가을 겨울
새벽에도 낮에도 저녁에도 어둔 밤에도

즐비하게 줄지어 선 채
세상을 바라본다

예배를 드리고 쉬고 있는데 창밖의
메타세쿼이어 '잘 지내지'하고 안부를 묻는다.

세상이 어떠한지

세상이 어떠한지 알지 못할 때
나 홀로 고아처럼 놓였었지요

미래가 어찌 될지 알지 못할 때
답답함과 두려움에 넘어졌지요

슬픔과 눈물의 밤을 지샐 때
한줄기 세미한 주님의 음성

나의 종 모세와 함께 함같이
어디로 가든지 함께 하리니

강하고 담대하라 약속하시니
나의주 하나님을 찬양합니다

바다를 보았다

바다를 보았다
바닷물이 밀려간 갯벌에서
자유롭게 뛰노는 자유를 보았다

바다를 보았다
바닷물이 들어오면 언제든지
떠오를 배들을 보았다

소리를 들었다
자유롭게 바다와 땅을 오가는
갈매기들의 노랫소리를 들었다

소리를 들었다
바닷물에 삶을 맡긴
어부들의 웃음소리를 들었다.

황토 위에서

내가 사는 가까이
곱게 빻아진 황토들이 이사해 왔다

나와 친해 혈액순환 신진대사
그리고 미용효과까지 경험하라고

모진풍화 헤쳐 나온 내 발에
황토걷기를 선물해 주었다

눈으로만 보는 옥구슬보다
더 귀한 황토구슬이 발을 맞이한다

설레임으로 한 발 두 발
황토 위에 발을 맡긴다

황토 위에서 마주 오는 어르신과
목례로 인사를 주고받는다

아이의 걸음 부모의 걸음
빠른 걸음 느린 걸음 터벅 걸음

황토는 그 어느 발도 어떤 걸음도
거부 없이 맞이해 준다

황토와 나는 하나가 되고
황토와 세상은 하나가 된다

주님과 내가 하나임을
황토는 새롭게 가르쳐준다.

아! 대한민국

해마다 현충일을 맞이한다
조기로 태극기를 달고 생명 바친 분들을 생각한다
현충일은 조국의 과거를 보게 한다

생명 바쳐 조국을 지킨 분들께 고개 숙인다
님들의 생명으로 조국을 지켰기에
현충일은 조국의 현재를 보게 한다

헐벗은 나라가 세계의 선망이 되었다
혈맹으로 다시 세워진 대한민국!
현충일에 조국의 미래를 보게 한다.

밤의 속삭임

밤이 속삭인다
모든 풀들 꽃들 나무들 새들 동물들 생명체들
그리고 만물의 영장인 사람들에게

밤이 속삭인다
온 세상을 무덥게 비취는 태양에게도
세상을 식혀주는 비에게도

밤이 속삭인다
온 세상을 설국으로 만드는 분보라에게도
모든 생명체들을 위하여 불어오는 바람에게도

밤이 속삭인다
힘들었던 날에게도 기뻤던 날에게도

밤이 속삭인다
마음 아파 울었던 날에게도 기뻐했던 날에게도
생명이 떠나가는 날에게도 생명이 오는 날에게도

밤이 속삭인다
이제 그만이라고 나의 친구가 되어 달라고
쉬어야 내일이 온다고 위대한 낮이 온다고

설레임

설레임으로 눈을 뜹니다
주님 주시는 은혜를 기대하면서

설레임으로 고개를 듭니다
주님 이끄시는 세상을 바라보면서

설레임으로 발을 뗍니다
주님 손 잡고 이끄심 받들어

설레임으로 바라봅니다
주님 약속하신 주의 나라를

설레임으로 감사합니다
오늘을 선물로 주신 주님께

나의 이름은 그림자

나의 이름은 그림자
나는 그의 유일한 친구가 된다

뜨거운 태양이 있는
한낮에도 그를 따르고

달이 떠있는 어둔
밤에도 그와 친구가 된다

나의 이름은 그림자
나는 그의 단짝이 된다

그가 움직이면 나도 움직이고
그가 멈추면 나도 멈춘다

그가 작아지면 나도 작아지고
그가 커지면 나도 커진다

나의 이름은 그림자
오늘도 나는 그와 하나가 된다.

목사 세 사람이 모였다

때르릉 전화벨이 울린다
거기 기와집 담이지요?

오늘 오전 11시 20분
세 사람 예약합니다

고풍스런 한옥의 기와집 담에
소리가 전해졌다

옆의 개망초들과 장독대가
인사하며 맞이한다

주방에서는 지글지글
음식은 손님을 기다린다

그 세 사람 누굴까
먹사가 아닌 목사란다

김목사 한목사 최목사
목사 세 사람이 모였다.

안개구름

강 주변 물의
향취에 취하고

산등성의 조화로운
숲의 아름다움에 반하여

안개구름이 산중턱에
잠시 쉬었다 간다

잠시 쉬는 시간이
몇 초가 되었을까

가평 우리 마을에 이틀을
묵다가 짐을 쌓았다

오늘도 안개가 말해준다
안개 같은 인생임을

가평 우리 마을

서울에서 한 시간 반
다른 차량들 틈새에 끼여 달렸다

우측으로는 저 멀리 최고층 롯데 빌딩
좌측으로는 한강과 마주편 빌딩들

천사처럼 쓰임 받은 모 권사님의 헌신이
무수한 작은 자들에게 새 힘이 되었다

예수님의 보혈을 의미하는 붉은 벽돌
죄 사함을 상징하는 흰색 담벼락의 조화

행복한 집 아들 딸들과 직원들 가족들
예수님의 열두 제자처럼 우리 마을의 12동 건물

건물과 건물을 이어주는 도로도 빨간 벽돌
죄와 어둠의 권세가 발붙일 틈이 없으리

저마다의 특색을 갖춘 실내 공간
거울 앞에는 한 구절 묵상집과 감사 방명록

가평 우리 마을이 예수마을이 되기를
가평 우리 마을에 방문객들이 주의 자녀 되기를

하늘이 웃었다

하늘이 울었다
태어나는 새 생명을 위하여

하늘이 울었다
늙어감을 안타까워하면서

하늘이 울었다
질병으로 우는 자들을 위하여

하늘이 울었다
세상을 떠나감을 슬퍼하기에

하늘이 웃었다
태어나는 새 생명을 위하여

하늘이 웃었다
늙어 힘 빠져 힘없는 자에게

하늘이 웃었다
병든 자에게 힘을 내라고

하늘이 웃었다
본향을 향해서 가는 자들에게

친구 덕분에

친구 덕분에
깊은 잠에서 깨어났다

시를 좋아했던
소년이 잠자던 시상에서

친구 덕분에
시를 쓰게 되었다

친구 덕분에
'시'라는 망원경도

친구 덕분에
'시'라는 현미경도

친구 덕분에
콧노래를 부른다.

지금 그리고 여기에

주님 지금 기도하게 하소서
주님 지금 생각하게 하소서
주님 지금 결단하게 하소서
주님 지금 행동하게 하소서
주님 지금 감사하게 하소서

그리고 사랑하게 하소서
그리고 축복하게 하소서
그리고 넉넉하게 하소서
그리고 미소짓게 하소서
그리고 자녀답게 하소서

여기에 주님께서 임하소서
여기에 생기를 부어 주소서
여기에 치유의 손을 대 주소서
여기에 기적임을 알게 하소서
여기에 생수의 강이 흐르게 하소서

시의 예찬

물 방울이
모여들어
개천이 되어
강을 이루고
바다를
이룬다

흙들이
모여들어
언덕이 되어
산을 이루고
세상을
이룬다

사람들이
모여들어
가족을 되어
나라를 이루고
세상을

이룬다
바침들이
모여들어
글이 되어
문장을 이루고
시가
된다.

은혜입니다

주의 말씀 따라온 길 주의 은혜입니다
믿음으로 살아온 길 주의 은혜입니다

나의 죄를 대속하신 주의 은혜입니다
멸시 조롱 대신 당한 주의 은혜입니다

부모가 되게 하심도 주의 은혜입니다
자녀가 되게 하심도 주의 은혜입니다

지금까지 지나온 것 주의 은혜입니다
모진 풍화 지나온 것 주의 은혜입니다

주를 따라 가게 하소서

낮은 자리 오셨으나 높은 자리 원했습니다
나를 따르라 하셨으나 뒷걸음질하였습니다

부르짖으라 하셨으나 목소리만 내었습니다
주님 바라보라 하셨으나 세상도 보았습니다

섬기라고 하셨으나 섬김 받기 원했습니다
좁은 길로 가라 하셨으나 넓은 길이 좋았습니다

십자가를 지라 하셨으나 십자가를 피했습니다
죄인 위해 죽으셨으니 주의 이름 팔았습니다

그러니 주님 이 죄인을 불쌍히 여기사 영원토록
주를 따라 가게 하소서 주를 따라가게 하소서

너의 믿음이 어디 있느냐

무엇을 먹을까 근심하는 자여
너의 믿음이 어디 있느냐

공중의 나는 새를 보라
그들도 주님이 먹여주신다

무엇을 먹을까 걱정하는 자여
너의 믿음이 어디 있느냐

들의 무수한 꽃들을 보라
이와 같이 그들도 입혀주신다

무엇을 마실까 염려하는 자여
너의 믿음이 어디 있느냐

수가성에 찾아오신 주님을 보라
이처럼 너를 찾는 주님이시다

그러므로 먼저 너는 내 안에 거하라
그리하면 나도 네 안에 거하리라

그리하여 나와 함께 반드시 승리하고
승리하여 영원토록 기뻐하리라

엠마오로 가던 두 제자

모든 꿈 잃어버린 두 제자
엠마오로 가고 있었네

낙심과 절망으로 한숨지으며
무거운 발걸음으로 걷고 있었지

의문과 비통의 그들에게
지나가던 그분이 다가왔네

동행하며 대화를 주고 받을 때
우리의 마음이 따뜻해졌지

떠나려던 그분을 이끌어
약속했던 한자리에 모였네

떡과 잔을 나눌 때 눈이 뜨여
우리 주님 예수이심을 알았네

주님과 동행

비바람과 눈보라가 몰아쳐와도
두려움과 절망 중에 동행하셨네

지금까지 살아온 것 주님 은혜라
금은보화 값진 재물 바꿀 수 없네

수많은 사람 속에 나를 부르사
죄와 죽음에서 건져 주셨네

죄인 위해 십자가 지시고
다 이루었다 다 이루었다 말씀하셨네

주님 없이 천년을 산들 무엇하리오
생명의 주 예수님과 영원히 살리

피 흘리사 생명 주신 내 주님 예수
은혜의 보좌 앞에 달려가리라

소원

주님의 형상대로 지음 받은 나
주님은 사명자로 세워주셨네

생육하라 번성하라 말씀하시며
세상의 모든 것을 당부하셨네

지으시고 좋았더라 말씀하시니
천지의 모든 만물 다 이루셨네

주님의 말씀으로 다가오시고
주님의 보혈로 씻겨주셨네

누구든지 목마른 자 살리시려고
생수를 마셔라 말씀하셨네

모든 사명 다 마치고 주 앞에 설 때
예비된 주의 나라 허락하소서.

기도

우둔한 나의 입술로 기도를 드리면서도
감사한 마음보다는 불평이 많았습니다

주께서 주신 것들을 헤아려 보지 못하고
세상을 바라보면서 부러워하였습니다

지금껏 지나온 길을 조용히 돌이켜보니
내 곁을 찾아와 주신 주님이 계셨습니다

나의 주 나의 하나님 예수 안에 살겠사오니
주님 이제부터는 주만 바라보게 하소서

세상의 부귀영화에는 눈멀고 귀먹게 하시고
주의 말씀에는 눈이 뜨이고 귀가 열리게 하소서

다메섹의 바울을 찾고 베드로에게 찾아오시듯
말씀으로 찾아주시고 성령께서 임재하소서

모두가 주의 은혜

아침마다 눈을 뜨고 보게 하심도 은혜
새소리들과 사랑하는 자의 목소리 들음도 은혜
숨을 쉬며 향기를 맡게 하심도 은혜
모두가 주의 은혜입니다

사랑하는 이의 눈동자를 마주보는 것도 은혜
그의 숨결을 느끼며 그의 손을 잡음도 은혜
살아있음의 온기를 느끼게 하심도 은혜
모두가 주의 은혜입니다

어머니의 아들로 아버지의 아들로 태어남도 은혜
땅을 일구고 씨 뿌리고 농부가 되어본 것도 은혜
아버지를 따라 목수가 되어본 것도 은혜
모두가 주의 은혜입니다

때로 질병과 고통으로 낙심하며 울게 하심도 은혜
긴 터널 같은 어둠 속을 무사히 지나온 것도 은혜
작은 아이라 두려움에 떨었던 것도 은혜
모두가 주의 은혜입니다

나의 약함을 알게 하심도 강하게 하심도 은혜

떡을 떼며 말씀을 나누며 기도하게 하심도 은혜
나의 주 나의 왕께 겸손하게 하심도 은혜
모두가 주의 은혜입니다.

걷고 싶어요

걷고 싶어요 주님
하얀 침대에서 일어나

걷고 싶어요 주님
타고 있는 휠체어를 뒤로 하고

걷고 싶어요 주님
풀 향기를 맡으며

걷고 싶어요 주님
주님과 함께

사명자의 흔적

초판 발행 2024년 8월 30일

지은이 고용철, 김순기, 최형묵

펴낸이 김복환

펴낸곳 도서출판 지식나무

등록번호 제301-2014-078호

주소 서울시 중구 수표로12길 24

전화 02-2264-2305

팩스 02-2267-2833

이메일 booksesang@hanmail.net

ISBN 979-11-87170-73-0

값 10,000원